세상의 우울은 그림자에 불과하나니.
우리 손 닿는 곳에 기쁨이 있으니.
기쁨을 안으라!

프라 지오반니

글 **해리 데이비스**
글을 쓴 해리 데이비스는 10대 시절부터 타샤 튜더의 그림에 매료되어 그녀의 예술 세계를 연구하기 시작했다. 버지니아 커먼웰스 대학에서 영어와 미술사를 공부한 후, 학교에서 교편을 잡기도 했다. 『타샤 튜더의 인형의 집: 미니어처의 세계』, 『타샤 튜더의 예술 세계』 등 다수의 책을 펴냈다.

사진 **제이 폴**
사진을 찍은 제이 폴은 15년간 전문 사진 기자로 활동하다 《서던 리빙》 잡지에서 여행 사진을 찍으면서 프리랜서 사진 작가 생활을 시작했으며 버지니아주 리치몬드에서 활동해왔다.

옮긴이 **공경희**
서울대 영문과를 졸업한 후 지금까지 번역가로 활동 중이다. 성균관대 번역 테솔 대학원의 겸임교수를 역임했고, 서울여대 영문과 대학원에서 강의했다. 시드니 셀던의 『시간의 모래밭』으로 데뷔한 후, 『메디슨 카운티의 다리』, 『모리와 함께한 화요일』, 『호밀밭의 파수꾼』, 『파이 이야기』 등을 번역했다.

타샤의 크리스마스

타샤 튜더·해리 데이비스 지음 ◆ 제이콜 사진 ◆ 공경희 옮김

Forever Christmas

윌북

Contents

Tasha Tudor

Forever
Christmas

기쁨을 나누는 크리스마스

"크리스마스는 늘 우리 가족이 가장 좋아하는 날이에요.
마법이 일어나는 때지요. 그렇지 않나요?"

타샤 튜더의 전설적인 크리스마스 축하 의식들은 우리가 여전히 마음 깊이 간직하고 있는 어린 시절의 환상을 다시금 깨어나게 한다. 그녀는 크리스마스 시즌의 모든 것을 마법으로 바꾸는 비범한 능력을 지녔다. 겉으로만 보면 그녀의 마법은 다양하기만 할 뿐 평범해 보이지만, 워낙 열정을 불어넣기에 언제나 놀랄 만큼 훌륭한 결과가 나온다.

　　타샤가 가족들을 위해 연출하는 멋진 크리스마스 전통은 여러 책과 강림절 달력(강림절은 예수의 탄생을 축하하고 재림을 준비하는 기간으로 크리스마스 전날까지 4주간을 말한다. 나라마다 촛불을 밝히는 의식을 행하기도 한다. 강림절 달력은 그 4주 동안 하루씩 날짜를 떼게 되어 있다—옮긴이), 수백 장의 크리스마스 카드, 비디오 등에 소개되어 있다. 이런 작업을 통해 타샤는 전 세계의 수많은 이들에게 타샤 특유의 크리스마스 축하법을 알려준다. 또 신화와 마법과 신비로움이 어우러진 행사를 열어 종교적인 날인 크리스마스를 체험하게 해준다.

처음 타샤 튜더의 크리스마스와 만난 것은 강림절 달력을 통해서였다. 어릴 때 그 달력을 사고 싶은 마음에 돈을 모으기도 했다. 달력은 정말이지 매혹적이었다. 이름조차 신비롭게 들리는 타샤 튜더를 알게 되면서, 갑자기 어린 날의 환상과 믿음은 현실적이고 가능한 것이 되었다. 달력을 처음 손에 넣은 그해 크리스마스 시즌에는 달력 속에 푹 빠져 살았다. 지난 40년 동안 매년 12월이면 그 세계로 돌아갔다. 거기에는 크리스마스다운 세상이 있었

다. 숲에 사는 모든 생물은 조화로운 나눔의 공동체를 이루었고, 공동의 선을 위해 각자 책임을 맡았다. 등불을 든 올빼미들 덕분에 눈 덮인 숲을 지날수 있었고, 유령들은 흰 기러기를 타고 공중을 날아다녔다. 토끼들이 눈밭에서 미끄럼을 타서 사과를 가져다주면 사슴들은 고마워했고, 새들은 촛불옆에서 캐럴을 불렀다.

꿈 같은 사슴 타기

갓 쌓인 눈을 비추는 환한 달빛이 극적으로 표현된 그림이다.

크리스마스를 상징하는 동물인 사슴을 타는 아이들 얼굴에는 기쁨이 넘친다.

한밤중에 여우들의 안내를 받아 사슴을 타고 숲을 달리는 환상은 어린 시절의 꿈을 일깨운다.

타샤의 마법 세상에서는 자녀들이 사슴을 타고 신나게 달리는 일이 아주 쉬운 일인 듯하다.

무엇보다 달력에서 가장 맘에 드는 부분은 숲의 지하 세계였다. 땅속 굴에서는 활력과 기쁨과 축하의 분위기가 넘쳤다. 토끼들은 안락한 벽난로 주변에 옹기종기 모여들어 차를 마셨고, 쥐들은 차곡차곡 모아둔 먹이를 살피고 크리스마스 장식 아래서 신나게 춤추었다. 엄마 토끼들은 요람을 살살 흔들어 아기 토끼를 재웠다. 두더지들은 서로 건배하면서 유쾌하게 지그춤(빠르고 활발한 4분의 3박자의 춤—옮긴이)을 추었다. 모두 풍요로움과 착한 마음과 크리스마스를 만끽하고 있었다! 달력에 그려진 모든 것들은 누구라도 매료시키기에 충분했다. 마법은 존재하며, 한마디로 멋졌다.

오랜 세월이 흘러 타샤의 집 '코기 코티지'를 방문하기 전까지는 그 땅굴처럼 아늑한 곳은 없다고 생각했다. 그러다 처음 타샤의 집에 발을 들여놓은 순간, 마침내 달력 속에서 보았던 숲속 땅굴처럼 따뜻하고 아늑한 곳에 왔음

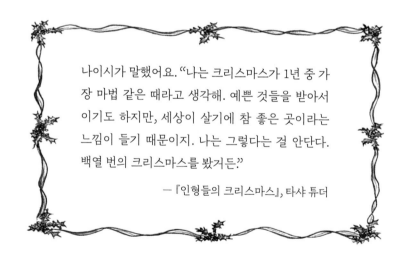

나이시가 말했어요. "나는 크리스마스가 1년 중 가장 마법 같은 때라고 생각해. 예쁜 것들을 받아서이기도 하지만, 세상이 살기에 참 좋은 곳이라는 느낌이 들기 때문이지. 나는 그렇다는 걸 안단다. 백열 번의 크리스마스를 봤거든."

―『인형들의 크리스마스』, 타샤 튜더

을 알게 되었다. 모든 게 제자리에서 제 몫을 하는 조화로운 세계를 찾은 셈이었다. 그곳에서 첫 크리스마스를 보낸 후로, 운 좋게도 여러 번의 크리스마스를 타샤와 보낼 수 있었다. 매번 독특하고 색달랐지만, 강림절 리스와 던디 케이크로 축하하는 오랜 전통은 변함없이 지켜졌다. 더불어 타샤의 유명한 진저브레드 장식과 늦은 밤 아기 예수를 찾아가는 행사와 동물들의 크리스마스 의식도 여전했다.

타샤의 강림절 달력을 보고 매료된 후, 그녀의 크리스마스 책들을 모으기 시작했다. 고전이 된 『베키의 크리스마스*Becky's Christmas*』(1961년에 출간된 타샤 튜더의 딸 베키를 주인공으로 한 크리스마스 동화책—옮긴이)를 읽고 튜더 집안의 전통을 알게 되었고 그 매력에 빠져들었다. 『크리스마스 전에 내린 눈*Snow Before Christmas*』(1941년에 출간된 크리스마스 동화책—옮긴이)은 대가족을 이루어 시골에서 자라던 때를 떠올리게 해주었다. 마음속에서 크리스마스와 타샤는 떼려야 뗄 수 없는 관계가 되었다.

타샤가 준비하는 크리스마스 전통들은 시간에 맞춰 완벽하게 연출되었다. 그러면 우리는 기대감을 갖고 느긋하게 순간을 만끽하곤 했다. 타샤의 말처럼 "때로는 '기다리는 과정 자체가 그 일을 겪는 것'인 법"이다. 정신없이 돌아가고 성과만을 높이 평가하는 세상에 그녀가 던지는 첫 번째 교훈이자 가장 중요한 교훈이다. 타샤는 좋은 시간이 다가온다는 생각을 즐기고, 그 일이 일어날 때 온몸으로 충실히 경험하며, 좋은 경험이 가능한 한 오래 지속되게 하라고 우리에게 가르쳐주었다.

여느 가정에서처럼 코기 코티지의 크리스마스는 계속 변화를 겪는다. 자녀들과 손자들이 자라 어른이 되면서 관습도 변해가고, 때로는 새로운 관습이 생기기도 한다.

달력상으로 이때는 타샤 튜더가 길고도 충만한 겨울로 다가가는 시기다. 동면과는 거리가 먼 그녀는 창의력과 탐구 정신을 펼친다. 또 호기심과 기쁨을 누린다. 타샤에게 겨울은 느긋함을 오롯이 누리는 한가로움의 계절이자 다가올 봄을 알리는 환희의 서곡이다. 계절의 순환은 영원히 이어지며, 그녀는 전설적인 마법을 계속 만들어낸다. 그녀가 보내는 메시지는 현명하면서도 간결하다. 기쁨을 누리길!

▶▶▶
코기 코티지의 겨울
타샤는 코기 코티지의 적막하고 차분한 겨울 풍경을 사랑한다.
겨울이면 눈이 1미터씩 쌓이고 사방이 포근한 아름다움에 휩싸인다. 눈밭에
쏟아지는 햇살의 변화는 천국의 분위기를 자아내서 타샤의 마음을 사로잡는다.

강림절

강림절은 타샤의 크리스마스 축하 의식에서 중요한 시기다. 튜더 집안에서는 공식적으로 12월 6일, 성 니콜라스 탄생일에 강림절 행사를 시작한다. 성 니콜라스 탄생일은 그 자체로도 중요하지만, 크리스마스가 다가온다고 알려주는 의미도 있다.

타샤는 직접 강림절 리스를 만든다. 많은 일들을 가족 친지와 나눠 하지만, 이 일만은 타샤 홀로 한다. 그녀는 40년 넘게 강림절 리스를 만들어왔는데 이 유서 깊은 의식에 흠뻑 빠져 즐거워하는 기색이 얼굴 가득히 퍼진다.

화가나 수공예가라면 다 그렇겠지만 타샤는 필요한 재료를 신중하게 고른다. 강림절 리스는 가장 좋은 회양목이어야 한다. "전에는 전나무든 양치류든 구할 수 있는 걸로 만들었지요. 그런데 건조한 겨울 부엌의 기다란 식탁 위에 걸어두니 식사할 때 부스러기가 떨어져서 골치였어요. 리스의 부스러기가 크리스마스 만찬을 장식하게 되어버린 후로는 회양목으로 리스를 만들지요." 타샤가 오래전부터 써온 단단한 낡은 쇠틀을 꺼내 온다. 그녀는 능숙한 손놀림으로 회양목을 쇠틀에 둘둘 감아 리스를 만든다. "풍성하게 만드는 것만 신경 쓰면 멋들어진 리스를 만들기는 쉬워요. 긴 회양목을 쇠틀에 넣었다 뺐다 하면서 받침을 만드는 거예요. 그리고는 탐스럽고 보기 좋게 회양목을 더해주어야지요. 밑바닥을 가장 예쁘게 만들어야 해요. 공중에 매달면 바닥만 보이니까요."

타샤는 강림절 리스 만드는 일을 즐거운 연말로 접어드는 자기만의 행사로 삼는다. 리스가 마무리되면 그녀의 얼굴에 생기가 돈다. 그녀는 사랑이

깃든 경건한 손길로 앤티크 새틴 리본을 꺼낸다. 이 리본은 지난 반세기 동안 리스를 매다는 데 쓰였다. 따뜻한 빨간색의 진짜 새틴으로, 1904년 그녀의 부모님이 결혼식을 올릴 때 의자를 장식하는 데 이 리본이 쓰였다 한다.

결혼식 이후 리본은 여러 용도로 사용되었다. 타샤는 이 리본을 책의 삽화, 달력, 크리스마스 카드에 셀 수도 없이 여러 번 그렸다. 그녀의 그림은 전부 실생활을 반영하기에, 점점 예술과 삶이 하나로 어우러져 구분할 수 없게 되었다.

리본을 매는 것으로 리스는 완성된다. 타샤는 초의 끝을 깎아 촛대에 꼭 맞게 만든다. 그녀는 순수한 밀랍으로 손수 만든 양초만 사용한다. 타샤는 늘 해오던 일이라는 듯 능숙하게 의자에 올라가 리스를 건다. 리스걸이가 늘 그 자리에 박혀 있다. 점등식은 차 마시는 시간이 될 때까지 미룬다.

타샤가 준비하는 강림절 티타임은 기억에 남을 만한 행사다. 성 니콜라스의 생일에 펼쳐지는 이 티타임처럼 멋진 티타임은 없다. 던디 케이크는 정말 사람의 마음을 빼앗는다. 프루트케이크지만 흰색으로, 그녀는 평생 이날이 오면 이 케이크를 식탁에 올렸다. 큰아들 세스가 좋아하는 케이크이기도 한데, 그는 혼자서 한 판을 다 먹는다. 던디 케이크 조리법은 타샤의 스코틀랜드인 보모 데이디에게 물려받았는데 원래 데이디의 어머니가 스코틀랜드에서 쓰던 조리법이었다. 케이크는 몇 주 전에 구워서 냉동시켜야 제맛이 난다. 타샤의 던디 케이크를 일단 맛보고 나면, 혀가 그 맛을 기억해서, 해마다 11월 중순이 되면 타샤가 짬을 내서 이 기막힌 케이크를 다시 한번 구워주었으면 좋겠다고 간절히 바라게 된다.

차 마시는 시간에는 느긋한 크리스마스 분위기가 감돈다. 리스에 불을 켜면, 아름다운 리스를 둘러싸고 환희와 축하의 탄성이 터져 나온다. "원래는 강림절 첫 주에 하나를 밝히고 둘째 주에는 두 개를 밝히는 식으로 해야 하는 걸 거예요. 그런데 한꺼번에 불을 밝히자 어찌나 아름다운지 그 후로는 한꺼번에 불을 켠다니까요! 적당하다 싶으면 자유롭게 전통을 바꿔도 무방하지요."

타샤가 손수 만든 웨일즈식 브렉퍼스트 티와 던디 케이크, 여러 종류의 크리스마스 쿠키는 평안한 행복감을 선사한다. 벽난로 불빛과 촛불이 어우러져 따스한 빛을 뿜어내며 온 방을 끌어안는다. 리스가 천장에 그림자를 드리우고, 타샤는 이것을 '떨리는 빛의 후광'이라 부른다. 강림절 리스를 걸면,

타샤가 좋아하는 크리스마스 분위기가 물씬 난다. 바로 냄새. 그 후 몇 주일에 걸쳐 화환과 싱싱한 식물들이 집에 들어와 차갑고 싱그러운 향이 넘치게 된다. 타샤에게는 그 내음이 소중하다. "가장 강력하게 추억을 일깨우는 건 역시나 향이지요. 보는 것이나 듣는 것보다도요. 발삼전나무 향을 맡으면 언제나 크리스마스가 마음에 떠오르지요." 타샤는 일상의 냄새에 젖어 산다. 장갑 말리는 냄새, 나무 태우는 연기 냄새, 빵 굽는 냄새. "먼 나라에 가서도 이런 냄새 한 가지만 맡으면 풍경 전체가 떠올라 마음이 찡할 거예요. 가슴이 뭉클하겠지요."

예전에는 해마다 타샤가 그린 새 강림절 달력이 나왔다. 입이 벌어질 만큼 세밀한 그림들은 평소 타샤가 그려온 달력들과 굉장히 비슷했다. 눈 내린 숲부터 빅토리아 시대의 거리까지 그림의 소재는 다양했다. 장면마다 귀여운 동물들이 일상생활을 하는 모습으로 채워졌다. 늘 신나고 만족스런 분위기가 주요 주제인 듯했고, 그림은 엄청나게 복잡하고 여러 층으로 구성되어 있었다. 숲속 밑에 동물들이 사는 굴이 있었고, 그 밑에 더 작은 쥐의 땅속 집이 있었다. 좁은 땅속 집은 세밀하게 묘사되어 있었다. 타샤는 마음속으로 강림절 달력의 배경이 '코기빌'과 닮았다고 생각하는 것 같았다.

코기빌의 크리스마스는 타샤의 강림절 달력의 주제로 종종 쓰였다. 평화롭고
즐거운 축제 풍경은 타샤의 집 '코기 코티지'에서 열리는 축하 행사들과 비슷하다.
물론 코기빌만의 행사도 벌어진다.

코기빌은 글과 그림 작업을 하면서 타샤가 가장 애착을 느끼는 곳이다. 언제나 신나는 동네 코기빌은 '뉴햄프셔의 서쪽이고 버몬트의 동쪽'에 있는 마을로, 코기빌만의 크리스마스 축제가 열린다. 타샤가 스웨덴의 트롤(지하나 동굴에 사는 자연적인 괴물—옮긴이)에서 따온 보가트들이 떠들썩한 마을 축제를 벌인다. 유명한 '소년 전용' 달력도 있었다. 타샤도 "그 달력은 좀 짓궂었지요"라며 고개를 끄덕인다.

모든 강림절 달력에는 24개의 작은 문이 있다. 12월 1일부터 12월 24일까지 문이 열리도록 되어 있다. 타샤는 자녀들이 돌아가면서 문을 열어볼 수 있게 했다. 문 뒤에는 작은 크리스마스 축제 장면들이 있다. 크리스마스 이브에 마지막 문을 열면 드디어 아기 예수가 나타난다.

이제는 자녀들이 성장해서 각자 가정을 꾸렸고, 타샤는 드문드문 강림절 달력을 만들어낸다. 달력 원본들은 전시를 위해 미술관에 보내지는 일이 잦지만, 겨울 부엌의 벽에 달력이 걸려 있든 아니든 거기 얽힌 추억들은 고스란히 벽에 스며 있다. 평화의 환희가 감도는 풍요로운 느낌은 오롯이 남아 있다. 이 땅에 평화가 내려와 모든 생물에게 퍼져나간다.

"가장 강력하게 추억을 일깨우는 건 역시나 향이에요. 보는 것이나 듣는 것보다도요.
발삼전나무 향을 맡으면 언제나 크리스마스가 마음에 떠오르지요."

선물

코기 코티지에서는 선물을 주는 행사가 매우 중요한 일로 손꼽힌다. 타샤는 크리스마스 선물들을 1년 내내 손으로 직접 만든다. "우리는 여름 내내 선물을 준비하며 보내곤 했지요. 사람들에게 줄 선물을 전부 손으로 만들려고 애썼거든요. 그래서 큼직한 크리스마스 상자를 마련해야 했어요. 선물을 거기 담아 간수했거든요."

타샤의 자녀들은 일찍부터 직접 만든 선물의 특별함을 깨달았다. "아이들은 작은 동물들을 만들었는데, 제법 잘 깎아 다듬었어요. 세스는 나무로

물건을 만들곤 했지요. 그 아이는 인형들에게 멋진 크로케(나무망치와 나무공을 이용하는 구기 경기—옮긴이) 세트를 만들어주기도 했어요. 여태 갖고 있답니다. 우리는 응접실에서 크로케 장비를 펼치고 게임을 벌이곤 했지요. 딸들은 수건을 뜨개질하곤 했어요. 탐과 에프너는 훨씬 어려서, 베서니와 나는 그 아이들의 곰 인형과 다른 인형들의 옷을 만들어주곤 했지요."

 잼과 젤리도 여름에 준비했다. 크리스마스가 다가오면 선물할 쿠키와 캔디도 수십 가지 만들었다. 아버지 윌리엄 스탈링 버기스와 어머니 로자먼드 튜더는 타샤에게, 직접 만든 것을 선물하면 두 번 선물하는 것임을 몸소 보여주었다. 물건을 만드는 과정이 첫 번째 선물이고, 완성된 물건이 두 번째 선물이니 선물을 두 번 하는 셈이 된다. "아버지는 아들들에게 실제로 김이 나는 소형 증기 엔진을 만들어주셨어요. 발사가 되는 작은 대포도 만들어주셨고요. 아버지의 생신이 크리스마스였기에, 더욱 마법처럼 느껴졌지요. 어머니는 아버지에게 거대한 생일 케이크를 만들어주곤 했어요."

어릴 때 타샤가 가장 좋아한 선물은 어머니가 만든 인형집이었다. "어머니는 여름 내내 내게 줄 인형 집을 만드셨어요. 처음 그것을 봤을 때 어찌나 놀랐는지. 사방에 생일 초가 켜져 있지 뭐예요? 인형 집 앞마당에는, 고기 굽는 꼬챙이 끝을 뾰족하게 깎아 흰색으로 칠해서 박은 말뚝 울타리가 있었어요. 어머니는 가구도 다 손수 만들어주셨죠. 안에는 야자잎으로 만든 작은 의자들도 있었어요. 정말 놀라운 광경이었지요."

어릴 때부터 타샤는 자기 마음이 가는 일을 분명히 알았다. 그녀에게는 요리가 중요한 일이었다. "어머니가 집의 절반을 식당으로 만들어서 무척 실망했지요. 부엌이 아주 작은 데다 뒤편에 있어서 드나들기 힘들었거든요. 성가셨지요. 난 부엌이 가장 중요한 곳이라 여겼지요. 그래서 부엌과 식당을 바꾸어 큰 공간을 부엌으로 활용했어요. 어머니는 신경 쓰지 않으셨어요. 나처럼 요리에 관심이 많은 분은 아니셨죠."

튜더 집안의 일상은 늘 타샤의 그림에 그대로 나타났다. 손수 만든 선물은 크리스마스 고전인 『베키의 크리스마스』에서 없어서는 안 될 중요한 부분을 차지한다.

베키의 가족은 크리스마스 선물을 모두 직접 만들었어요. 크리스마스 양말에 들어 있는 것만 빼고. 그건 당연히 산타클로스의 선물이니 집에서 만들 수 없었지요. 짬나는 대로 낮이나 또는 저녁 시간 내내 선물을 만들었어요. 집에는 놀라운 물건들이 넘쳐났지요. 가족들은 각자 공간이 따로

각종 허브를 넣은 타샤의 홈메이드 치즈는 정말 소중한 선물이다.
그녀가 다양한 맛을 실험하느라 만드는 데 여러 달이 걸리기에, 자랑과 기쁨을 안겨준다.

있어서 다른 사람의 공간에 다른 가족은 들어갈 수 없었어요. 매일 오후
가 되면 쿠키를 구웠답니다. 친구들과 가족에게 한 상자씩 보내야 하니까
어마어마하게 많이 반죽을 잘라서 구워야 했지요.

—『베키의 크리스마스』

타샤는 손수 선물을 만드는 전통을 여태 지키고 있다. 타샤의 세계에 크
리스마스 직전의 정신없는 쇼핑 같은 건 없다. 크리스마스 선물은 최대한 일
찍 만들어둔다. 부탁받은 선물이 많을 때면, 일찌감치 시작해야 서두르지 않
고 만들기를 마칠 수 있으니까. 다 만들고 난 다음에는 받는 사람이 얼마나
놀랄지 설레는 마음을 누르며 기대에 부푼다. 손뜨개질한 양말이나 잼, 젤
리, 작은 그림까지 타샤가 손수 만든 선물을 받는 가족과 친지는 얼마나 행
운아들인지.

추수 창고

크리스마스가 가까워지면, 친구들에게 보낼 쿠키와 캔디, 잼, 젤리,
병조림들이 줄지어 기다린다. 타샤의 식품 저장고는 비는 법이 없다.
타샤가 아끼는 주방 기구들도 더불어 곱게 빛난다.

슈거 쿠키

타샤가 쿠키를 굽거나 그림을 그리는 겨울 부엌.
타샤는 보통 테이블 끝에서 그림 작업을 하지만, 쿠키를 만드는 일 자체도
하나의 예술이므로 필요하면 여기서 쿠키를 만든다.

▶▶▶

타샤는 목공예를 좋아해서 방주를 만들 계획이 있다.
타샤가 새로 그린 『크리스마스 전날 밤』(1848년에 처음 출간된 이래 여러 차례
재출간된 산타클로스의 이야기를 담은 아동용 고전 시집─옮긴이) 위에
나무로 깎은 동물들이 놓여 있다.

눈

"나는 눈 냄새가 좋아요. 눈에는 사과꽃 향기와 똑같은 독특한 냄새가 있어요.
보통 공기 중에 배어 있는 그 냄새를 맡고 눈이 내리리란 걸 알 수 있답니다."

타샤는 눈을 참 좋아한다. 눈이 정원을 잘 가꾸는 데 도움이 되기 때문이다.
그리고 아름다움을 만끽할 수 있기 때문이기도 하다. 타샤는 눈에 반사되는
빛에 매료되어, 수채화에 담아내려 애썼고 성공을 거두었다. 창틀까지 쌓인
눈이 주는 아늑하고 고즈넉한 느낌 또한 압도적이다. 사방에 깊은 눈이 쌓여
어디로든 갈 수 없는 코기 코티지만의 세계가 되면, 정적이 손에 잡힐 듯하
다. 정적이 들리고 느껴지며 보일 것만 같다. 시간조차 멈춘다.

타샤는 눈을 구경하기만 하는 사람이 아니라, 눈밭으로 나가야 직성이 풀리는 사람이다. 아주 작은 부분에서도 큰 아름다움을 찾아낸다. "눈밭에 난 새들의 발자국은 레이스처럼 얼마나 예쁘다고요." 타샤는 눈 신발을 신고 멀리 떨어진 숲까지 간다. 그곳에는 여태 상록수가 있어서 리스와 화환의 재료를 얻을 수 있다. 눈밭 여행은 그녀의 옛 추억을 되살려준다. "나와 친구 로즈는 눈을 좋아하고 모험심이 많았지요. 한번은 이글루를 만들어서 며칠 밤을 거기서 보냈어요. 로즈의 고양이 퍼딩스도 같이 잤죠. 하지만 내가 가장 좋아한 것은 눈으로 만든 말이었어요. 로즈와 나는 말들을 아주 크게 만들었죠. 실제로 어린아이들이 올라앉을 수도 있게요. 눈으로 만든 말에 물을 부으면 얼어붙어서 미끌미끌해졌지요. 그러면 그 위에 올라앉아 앞으로 갔다 뒤로 갔다 미끄럼을 탈 수 있었어요. 물론 말은 오래도록 무너지지 않았답니다."

문득 타샤가 묘사하는 것과 비슷한 장면이 떠오른다. 타샤의 책 『크리스마스 전에 내린 눈』에 나오는 장면이다. 책을 찾아 타샤에게 보여주니 그녀도 기억하고 빙그레 웃으면서, 우리에게 직접 만들어보라고 권한다. "다시 해보면 재미있지 않을까요?" 우리는 눈으로 말을 만들고, 어둠이 내리기 전

너른 눈밭에는 보초들이 서 있게 된다. 해 질 녘 그들은 신비롭고 다가갈 수 없는 대상으로 보인다. 멀리서 그 광경을 보면 감탄이 나온다. 그림자 어린 이들이 신이 나서 말에 올라타면 좋을텐데.

최근에 시작되었지만 예전부터 해온 것들과 마찬가지로 매혹적인 행사는 눈 등불이다. 타샤는 친구인 린다 앨런에게 눈으로 등불 만드는 법을 배웠다. 이것은 스칸디나비아의 전통으로 곧 튜더 집안의 축하 의식이 되었다. 차를 마시면서 타샤가 그 과정을 자세히 이야기한다.

"눈덩이를 여러 개 뭉쳐요. 무엇보다 눈의 축축한 상태가 적당해야 해요. 원 모양으로 한데 모아서 차곡차곡 쌓아 이글루를 만드는 거예요. 뒤쪽에 초를 박을 수 있는 공간을 남겨두어야 해요. 바람이 들지 않아야 촛불이 오래도록 탈 수 있지요. 초에 불을 붙이면 그 광경이 꼭 마법 같지요."

"난 눈을 사랑해요. 그리고 겨울을 사랑하지요. 정말로 조용하고 차분한
시간이지요. 봄, 여름, 가을처럼 잡초를 뽑거나 지하실에 당근을 저장해야 하는
다급함이 없는 계절이지요. 얼마나 평온한 시간인지 몰라요.
동물들이 동면할 만도 하지요. 겨울에는 나도 가볍게 동면한다는 생각이
든다니까요. 1년 중 어느 때보다 겨울에는 늦게 일어나거든요."

갑자기 다들 활기를 띤다. 눈등불을 만들어야지요! 타샤는 새로 내린 눈을 만져본다. 완벽한 상태다. 우리는 한 줄로 서서 눈을 뭉친다. 타샤가 눈뭉치를 쌓으면서 비법을 전수해주고, 우리는 한 마디도 빠뜨리지 않고 집중해서 듣는다. 어스름 녘에 얼음집이 완성된다. 누군가 초를 가져오고, 등에 불이 켜진다. 정말이지 마법 같다. 따스하게 번지는 불빛에 비친 타샤는 마법에 걸려 마력을 발휘하는 사람처럼 보인다. 요정들의 여왕이 있다면, 단연코 타샤일 것이다. 우리가 박수를 치니 타샤는 가볍게 답례의 인사를 한다. 그녀는 관심을 받는 것을 어색해하지만, 우리 못지않게 눈 등불이 주는 마법에 휩싸인다.

진저브레드 장식

타샤의 크리스마스 트리는 집안에 내려오는 옛날 장식품과 직접 구운 진저브레드 장식으로 유명하다. 그녀의 삶 전체가 그렇듯, 일상적인 활동에도 대단한 예술 감각을 발휘한다. 특히 진저브레드는 하나하나가 예술 작품이다. 보통 사람들과 달리 타샤는 과자 장식을 만드는 데 쿠키 커터를 쓰지 않는다. 평생 그림을 그린 터라서 익숙한 동물들을 턱턱 잘라낸다. 반죽을 보지도 않고 잘라내는 때도 있다. 동물은 단순한 선 모양이다. 그것을 환상적인 창작물로 바꾸는 솜씨는 단순하지 않지만.

진저브레드 장식을 만들려면, 작업 공간을 치우고 부엌의 집기를 재배치하는 수선을 떨어야 한다. 전날 저녁에 반죽을 해서 식혀두어야 모양을 자를 때 반죽이 더 탄탄하다.

어떤 동물을 만들까 의논할 때면 기대감이 충만해진다. 타샤는 과거 기억을 되살려 코기의 모양을 자르기 시작한다. 그녀의 놀라운 눈썰미와 기억력 덕분에, 20년 전에 아이들이나 친구가 유난히 예쁘게 만든 모양도 되살아난다.

다음으로 오리, 토끼를 만들고, 연이어 얼른 다른 코기와 암양, 숫양의 모양도 만든다. 윤곽과 몸집의 비율이 알맞은 것은 물론이다. 모양이 마음에

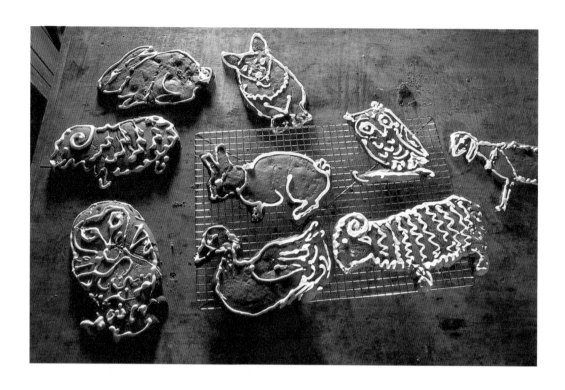

안 들면 반죽을 뭉쳐서 다시 만든다. 진저브레드 장식을 만드는 재미는, 만족스런 결과가 나올 때까지 계속 반죽을 도로 뭉칠 수 있다는 점이다.

타샤의 코기들인 레베카와 오윈은 장작 스토브 옆에 행복하게 자리를 잡는다. 그들은 뜨거운 난롯불 앞에서 과자가 노릇노릇하게 구워지기를 기다린다. 코기들은 크리스마스마다 반복되는 과정을 훤히

꿰고 있다. 과자 장식을 만드는 일은 거의 하루가 걸린다. 코기들은 따뜻한 난로 앞에 앉아 있다가, 제 이름이 불릴 때면 귀를 쫑긋거린다.

타샤의 트리 장식은 아주 유명하다. 미술관에 자랑스레 전시되는가 하면, 백악관에서 그녀를 불러서 린든 존슨 대통령의 크리스마스 트리 장식을 부탁한 적도 있다.

마지막 반죽까지 모양을 내면 타샤는 진저브레드를 굽기 시작한다. 부엌에 고소한 냄새가 진동한다. 이 과자는 먹는 용도가 아니라서 거의 아무 맛도 없다. 모두 그 사실을 알지만 냄새에 마음껏 취한다. 레베카와 오윈도 모든 걸 눈치채고 있다.

과자가 구워지면 식혀서 장식할 준비를 한다. 과자를 구우면서 준비해두었던 장식용 설탕 크림을 종이 고깔 안에 담는다.

다들 고깔에 크림을 채워서 과자를 꾸미기 시작한다. 전혀 말같지 않은 말을 만드는 사이, 타샤는 벌써 두 번째 과자를 꾸미고 놀랄 만큼 멋진 결과물이 나온다. 우리는 식탁과 바닥, 천에 설탕 크림을 묻혀가면서 과자를 꾸민다. 하지만 타샤는 재료를 조금도 버리지 않으며, 그녀가 만든 진저브레드는 예술 작품이 된다. 설탕 크림을 입힌 과자는 식기실에 보관해서 더 단단하게 굳힌다. 거기서 트리에 매달릴 때까지 얌전히 보관된다.

  나중에 키티는 진저브레드를 긴 테이블에 늘어놓고 종이 고깔에 설탕 크림을 담았어요. 다들 자기가 원하는 대로 윤곽선을 그리고 과자를 꾸몄지요. 아 참, 고깔을 너무 힘껏 짜면 안 돼요. 그러면 고깔 위로 설탕 크림이 넘치니까요. 물론 설탕 크림은 먹을 수도 있어요. 하지만 부엉이 날개나 물고기 비늘을 그리는 일이 훨씬 재미있었어요.

—『베키의 크리스마스』

타샤 튜더의
크리스마스 트리 진저브레드

무염버터 1컵   생강 가루 1.5큰술

흑설탕 1컵   소금 2.5작은술

달걀(잘 저어서) 3개   베이킹소다 1.5작은술

당밀 1.5컵   계피 가루 1작은술

무표백 밀가루 6컵

무염버터를 젓다가 설탕, 달걀, 당밀을 넣는다. 남은 재료를 체로 쳐서 반죽에 넣는다. 반죽을 식힌 후 밀어서, 트리를 장식할 모양으로 자른다. 판에 담아 180도로 예열한 오븐에서 과자가 건조하지만 바삭바삭해지지 않을 정도까지 굽는다. 설탕 크림(아래의 조리법 참조)으로 장식한다.

설탕 크림

설탕 1.5컵   신선한 달걀 흰자 2개 분량

물 0.5컵

설탕과 물을 고운 실이 생기도록 끓인다. 다른 그릇에 달걀 흰자를 넣고 젓는다. 시럽에 실이 생기면 이것을 달걀 흰자에 붓고 잘 저어준다. 종이 고깔을 만들어서 설탕 크림을 담아, 진저브레드를 장식한다.

동물들의 크리스마스

코기 코티지와 주변에 사는 모든 생물은 풍요로움과 활기를 더해주지만 평소 농사에 전혀 도움이 안 되는 녀석들도 있다. 타샤가 '치퍼해키*chippehacky*'라고 부르는 줄다람쥐*chipmunk*는 구근을 먹어치우는 일이 잦아서 큰 골칫거리다. 하지만 크리스마스에는 이 녀석들까지도 용서를 받아서, 사과와 좁쌀을 선물로 받는다. 타샤는 몰려드는 야생 조류들이 먹을 모이도 모이통에 잔뜩 넣어둔다.

타샤가 그림을 그리고 딸 에프너 튜더 홈즈가 글을 쓴 『크리스마스 고양이*The Christmas Cat*』.
모든 살아 있는 생물에게 필요한 아늑한 가정에 대한 느낌과 타샤가 그들에게 갖는
사랑과 경외가 아름답게 표현되어 있다. 주변의 이런 동물들 덕분에
튜더 집안의 크리스마스 축하 의식은 더욱 완전해진다.

겨울 부엌의 부산함 속에서, 타샤의 유명한 외눈박이 고양이 '미누'는 베틀방에서
보다 아늑한 자리를 찾는다. 크리스마스 색깔을 담은 퀼트는 타샤가 아끼는 작품이다.

타샤의 동물들은 일상에서도 제 역할을 하고 그림의 모델도 된다. 특히 레베카와
오윈은 타샤가 자기네들을 그릴 때면 눈치채고 시키는 대로 포즈를 취한다나.

크리스마스에는 동물들에게 특별한 음식을 주고 각별히 관심을 기울인다. 크리스마스 장식도 해준다. 크리스마스 이브에 닭들은 따끈한 으깬 감자나 싱싱한 과일을 받게 되겠지. 염소들은 사과와 이날을 위해 준비해둔 보드라운 건초를 받아 먹게 될 거고. 코기 오윈과 레베카는 뼈와 집에서 만든 개 비스킷을 먹고, 고양이 퍼스는 타샤가 손수 키운 개박하를 받는다. 타샤의 모이통을 자주 찾아오는 새들은 좁쌀, 소기름, 집에서 만든 땅콩버터와 건포도와 호두강정을 선물로 받는다.

타샤는 뒷문 입구에 있는 쌍둥이 나무에 집에서 만든 도넛을 걸어
새들에게 특별식을 제공한다. 레베카와 오윈도 새들 못지않게 도넛을 좋아해서
나무 위로 폴짝폴짝 뛰어오른다.

타샤의 크리스마스 카드에 등장하는 평화의 상징 비둘기들은 그들이 좋아하는 특별한 모이를 받는다. 참새와 콩새 등 타샤의 베틀방에서 사는 새들은 꽃송이에 든 꽃씨나 치커리샐러드를 받는다. 타샤의 아프리카회색 앵무 한나와 페글러에게는 온실에서 딴 꽃과 싱싱한 과일, 씨가 든 과자가 선물이다.

타샤는 칠면조를 내기 전에 접시에 한나를 담아서 내는 장난을 한다.
손님들은 깜짝 놀라고, 한나는 관심을 받는 게 좋은 듯 타샤가 신호를 보낼 때까지
꼼짝 않고 앉아 있다.

　염소들은 타샤에게 음식을 대접받는 특별 손님이다. 염소들은 타샤의 보살핌을 받으며, 다른 염소들과는 비교가 안 되는 삶을 누린다.

　크리스마스 때면 염소 헛간을 상록수와 사과로 꾸미는데, 사과는 어느새 사라지기 일쑤다. 타샤의 은빛 누비아 염소들은 장식보다는 음식에 관심이 많다. 아낌없이 선심을 쓰는 명절 분위기는 코기 코티지의 가축들에게도 전해져 타샤 집안의 크리스마스 축하 의식을 더욱더 완벽하게 한다.

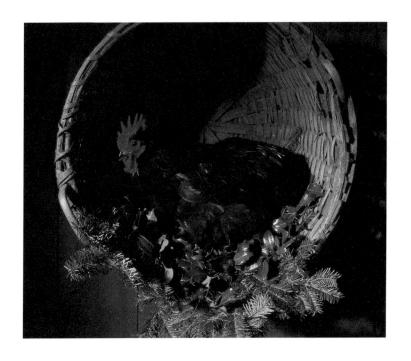

타샤가 아끼는 찰스 헨리 캐클베리는 어디 나타나야 될지에 늘 신경 쓴다.

구유 속의 아기 예수

타샤 튜더의 크리스마스 행사 중 '구유 속의 아기 예수'는 가장 중요한 부분으로 꼽힌다. 타샤가 처음 섬세한 모습의 아름다운 비스크 도자기 인형에 여느 젊은 어머니와 같은 소박한 옷차림을 한 성모 마리아를 만든 후, 반세기 동안 수차례 손질을 거치며 구유가 보존되어왔다. 아기 예수는 타샤가 어릴 때부터 갖고 있던 작은 비스크 도자기 인형이다. 구유에 들어가는 나머지는 그녀다운 느낌이 물씬 풍긴다.

르네상스 시대의 아기 예수 경배 그림에는 화려한 구유가 나오지만, 타샤는 상징적인 의미를 가진 요람을 만들었다. 그녀는 자녀들이 역할을 맡을 수 있는 소박한 구유 장면을 연출하고 싶었다. 자녀들은 집에서 키우는 가축의 인형들을 구유 옆에 놓았다. 나귀 한 마리, 수탉 한 마리, 암탉 여러 마리, 양, 심지어 작은 토끼까지 넣었다. 나무를 깎아서 낡은 잠옷 천으로 감싼 염소상도 만들었다. 수십 년이 지나면서, 어디서 생겼는지 모르는 사슴까지 경배하는 동물들 틈에 끼었다. 마구간에 찾아왔던 것을 아무도 기억하지 못하는 수달 비슷하게 생긴 이상한 동물까지 등장했다. 구유는 낡은 널빤지로 만들었다.

할머니는 아주 오래전에 성모 마리아도 만들었대요. 베키가 원하는 것처럼 성모 마리아를 세우기는 무척 힘들었어요. 하지만 마침내 마리아는 작은 나무 구유 위에 허리를 굽히고 도자기 아기를 바라보게 되었지요. 베키는 그들 위에 금종이로 후광을 만들어주었어요. 나귀 한 마리와 검은 양 두 마리, 흰 양 한 마리, 예쁜 수탉과 암탉도 한 마리씩 있었지요. 베키는 특히 이 동물들을 사랑했어요. 크리스마스 상자에서 나올 때면 옛 친구들을 다시 만난 듯한 기분에 젖어들곤 했지요.

— 『베키의 크리스마스』

타샤의 구유에 들어가는 동물들은 서로 완벽하게 어울릴 필요가 없었다. 실제로 아기 예수가 태어났을 때 곁에 있을 법한 것들일 필요도 없었다. 가족이 함께 모여 오래전에 있었던 어느 특별한 밤을 재현한다는 사실 자체가 중요하니까.

오랜 세월이 흐르는 사이 타샤는 다른 분위기의 구유 두 개를 만들어 상황에 따라 사용해왔다. 두 가지 모두 그녀의 그림으로 재현되어 독자들의 마음속에 남아 있다.

그림에 자주 쓰이는 것은 독특한 구유 장면이다. 자녀들이 막 태어나기 시작할 무렵, 타샤의 가족은 뉴햄프셔에 있는 큰 농가에서 살았는데 타샤는 아이들이 안전하게 구유 광경을 접하게 하고 싶었다. 그러면서도 늘 아이들을 그녀의 눈앞에 두고 싶었다. 가족이 주로 큰 부엌에서 지냈기에, 타샤는 네덜란드식 오븐을 구유로 만들면 맞춤하겠다고 생각했다. "난로는 어둡고 신비로움이 가득한 멋진 마구간이 되었지요. 구유에는 초를 하나만 밝혔어요." 아이들은 신비로움에 흠뻑 빠졌고, 이 전통은 타샤의 작품에 고스란히 남게 되었다.

베키는 올해 직접 구유를 만들어도 좋다는 허락을 받았어요. 커다란 옛날 난로 옆에 있는 벽난로 오븐을 구유로 꾸몄지요. 큰 난로는 오래전 처음 미국이 세워졌을 때, 베키네 집이 아직 새 집이었을 때, 음식을 만들면서 쓰던 것이었어요.

—『베키의 크리스마스』

다른 구유 장면은, 아기 예수를 찾아가는 여정을 담은 훨씬 극적이고 상징적인 풍경이었다. 코기 코티지에서 숲길을 따라 4백 미터쯤 가면, 거대한 바위가 튀어나온 곳이 있었다. 그 아래에는 여기저기 공간들이 있다. 타샤는 그 작은 동굴 같은 곳에 구유를 놓고는, 모두들 촛불을 들고 숲을 지나 예수가 태어난 그곳으로 걸어가도록 안내하기로 마음먹었다.

"버몬트로 이사한 첫 해에는 집에 네덜란드식 오븐이 없었어요. 그래서 버몬트에서 맞은 첫 크리스마스에는 숲에 구유를 놓아두었지요. 세 살이었던 손녀 로라는 크리스마스 트리나 다른 것보다 그 구유에 푹 빠졌어요. 로라는 '숲에 있는 아기' 이야기만 하려 들었지요. 우리도 숲에 놓여 있는 구유가 마음에 들어서 매년 이곳에 구유를 놓았지요."

유난히 눈이 많이 내린 때에는 겨울 부엌의 한편, 큰 난로의 왼쪽에 있는 벽돌 오븐이 구유로 쓰이곤 했다. 가까운 가족, 친지와 함께 숲으로 아기 예수를 만나러 가지 못할 때는, 이 실내 구유가 쓰였다. 타샤의 고양이가 종교적인 체험을 한 곳도 바로 거기였다. "녀석이 지푸라기 속에 쥐가 있으리라 기대를 했는지, 혹은 갑자기 신앙심이 생겼는지는 모르겠어요. 가여운 녀석이 거기로 뛰어드는 통에 수염을 다 태워먹었지요. 더 딱한 노릇은, 파마라도 한 것처럼 곱슬곱슬한 수염이 다시 났다는 거지요. 고양이가 얼마나 분해했는지."

얼마 전부터 숲에 구유 만드는 전통을 다시 재현했다. 숲속의 아기 예수 구유는 타샤가 가장 소중히 여기는 전통이므로. 이 마법 같은 여정 준비는 크리스마스 전날 늦은 오후에 시작된다. 일단 구유를 놓아두고 그 주변과 길의 양측에 초를 꽂아두어야 한다. 구유가 있는 곳부터 숲의 들머리까지 거꾸로 초를 꽂는다. 보통은 타샤와 작은아들 탐이 이 의식을 거행하지만, 어느 해에는 다른 이에게도 그 일을 하는 영광이 돌아왔다. 그날의 의식은 더디게 진행되었다. 경험이 부족해서 불붙이는 속도가 느렸고 또 소중한 경험을 천천히 만끽하고 싶어했기 때문이다. 물론 타샤는 느린 동작을 이해하고 눈감아주었다.

모든 준비가 끝났다. 눈이 높이 쌓였고, 바람도 제법 불고 있다. 친구 몇 명이 초대받아 왔고, 다들 초에 불을 붙인다. 타샤가 앞장선다. 우리는 느릿느릿 숲속 깊은 곳으로 들어간다. 날이 어둑어둑해지면서, 키 큰 나무들에 달빛이 가린다. 한 걸음 움직일 때마다 촛불이 잦아들고, 갑자기 숲이 거대하게 느껴진다. 우리는 서로 붙어 서서 천천히 움직인다. 진리를 찾아가는 상징적인 여정에 나선 목자들, 현자들이 된 듯하다. 흥분감이 번진다.

오솔길을 굽이도니 갑자기 멀리 앞쪽에서 불빛이 빛난다. 다가가니 차츰 구유의 윤곽이 보인다. 둥그런 빛의 원 가운데 구유가 놓여 있다. 마법이 일어난 듯 바위 밑에 놓인 구유는 아득히 먼 옛날 다른 세계의 사람이 놓아두고 간 것 같다. 눈 더미와 짙은 어둠, 높이 솟은 나무들, 커다란 바위가 우리가 찾는 기적의 신비로운 배경이 된다.

우리는 반원을 그리며 선다. 짧은 숨소리가 들리더니 이내 고요가 찾아든다. 아무도 움직이지 않는다. 우리는 황홀경에 빠진다. 구유를 바라보는 타샤의 눈빛에는 젊은 아가씨의 정신이 배어 있다. 세상에 마법을 선물한 여인은 작은 불빛 속에서 천상의 여인처럼 보인다. 그 순간, 나는 크리스마스의 진정한 의미가 무엇인지 깨닫는다. 다들 그 뜻을 알게 된다. '숲속의 아기'가 다시 한번 기적을 일으킨 것이다.

돌아오는 여정은 훨씬 빠르다. 오솔길을 걸어가서 구유를 구경했으니 일행 모두 기운이 샘솟는다. 진짜 크리스마스다!

크리스마스 이브, 코기 코티지에는 나이순으로 양말이 걸린다.
크리스마스에는 어른 아이 할 것 없이 모두 기대감과 즐거움에 들뜬다.

코기 코티지로 돌아온 우리는 겨울 부엌에 모여 차와 쿠키의 맛을 음미한다. 모두 고마운 마음으로 생각에 잠긴다. 우리는 이 조용한 시간을 마음껏 즐긴다. 다들 가벼운 대화를 나누면서 다가올 날에 대한 기대감을 감춘다. 벽난로 선반에는 양말이 걸려 있다. 불을 끄고 각자 방으로 돌아간다. 마음속에서 선물에 대한 기대감이 너울댄다.

타샤의 크리스마스 양말

튜더 가족은 벽난로 앞에 모여 크리스마스 양말을 열어본다.
바닥 아래의 공간에서는 튜더 생쥐 가족이 직접 꾸며 불을 밝힌 트리를 맴돌며 춤을 춘다.
코기 코티지에서는 현실과 마법이 하나가 된다.
타샤가 현실과 마법을 솜씨 좋게 버무린 이 수채화는 최고의 작품으로 꼽힌다.

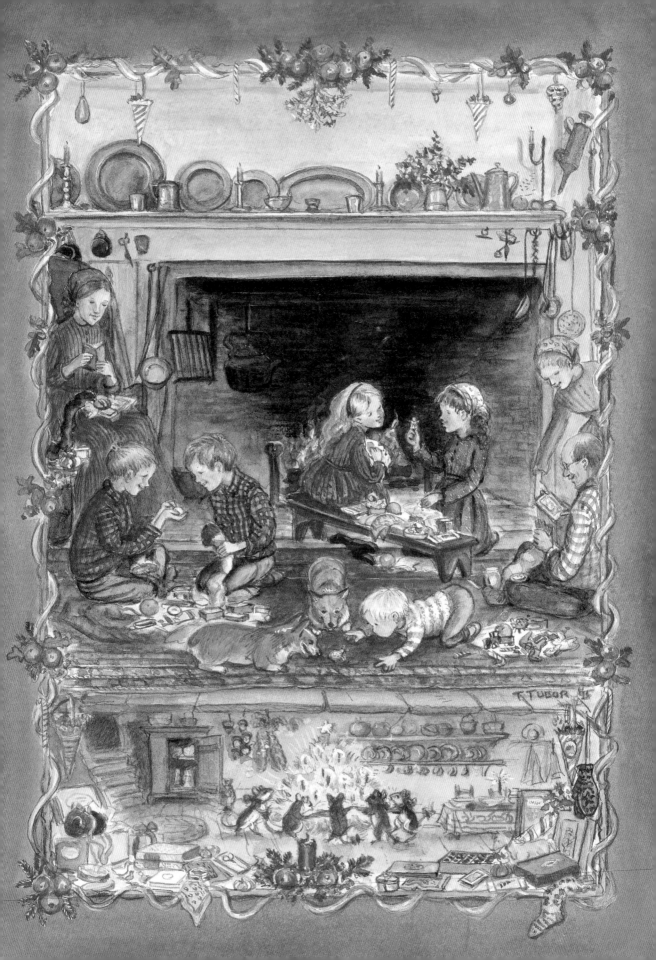

크리스마스 만찬

타샤는 몇 가지 일을 동시에 솜씨 좋게 처리한다. 어떤 일을 하다가 적당한 때에 두고 꼭 해야 되는 다른 일을 하는 능력은 신비롭기까지 하다. 트리를 장식하면서 크리스마스 만찬을 준비하는 모습은 놀라울 따름이다. 그와 동시에 마지막 손질이 필요한 일을 하거나, 사람들을 놀라게 하려고 은밀히 뭔가 처리하는 솜씨란! 타샤가 부엌에서 움직이는 모습이 예사롭지 않다는 것은 누구나 척 보면 안다. 그녀는 서두르지 않는다. 누구도 타샤가 급히 구는 걸 본 적이 없다. 그녀는 나름의 시간 감각을 만들었고, 그 덕분에 보통 사

람들보다 훨씬 많은 일을 해낼 수 있다. 서두르지 않을 뿐 아니라, 일을 하는 매 순간을 즐기고 누린다. "저것 봐요! 멋지지 않아요?" 타샤는 음식을 준비하면서, 보통 사람들에게는 하나의 과정에 불과한 일을 두고 탄성을 지르곤 한다.

타샤의 크리스마스 만찬 준비는 흥겨운 과정이지만, 역사가 깃든 교훈이기도 하다. 타샤는 칠면조를 골동품 구이통에 넣고 오랜 시간 굽는다. 구이통을 벽난로 앞에 놓고 반사되는 열로 굽다가, 칠면조 꽂이를 주기적으로 돌려가면서 고기가 골고루 익게 한다. '반사 오븐'이라고도 하는 구이통은 다른 세기 때 쓰이던 물건으로, 민속박물관에서나 보는 골동품이다. 하지만 구워진 칠면조의 기막힌 그 맛은 현대적인 오븐으로는 도저히 따라갈 수가 없다.

할머니는 전날 밤에 칠면조에 속재료를 넣어서 알맞게 추운 현관방에 두었다가, 가지고 나와 구이통에 걸곤 하셨지요. 베키의 가족은 칠면조를 오븐에 굽지 않고, 늘 벽난로 앞에 놓인 구이통에 넣어 구웠답니다. 얼마나 맛이 기가 막힌지! 20분마다 꼬챙이를 돌리고 육즙을 끼얹는 일은 베키 차지였어요. 고양이 조지와 개들도 칠면조 구이를 무척 좋아해서 혹시 국물이라도 떨어질까 해서 난롯가에 모여 앉아 있었어요.

—『베키의 크리스마스』

조리 과정이 느려서 거의 하루가 걸리지만, 타샤는 오히려 그 점을 마음에 들어 한다. 양철 구이통은 타샤의 집안에 물려 내려오는 물건이었다. "내가 되살렸지요! 쇠꼬챙이와 국자도 여전히 달려 있잖아요. 국자까지 달린 구이통은 본 적이 없어요. 근사하죠!" 굽는 과정도 타샤가 선호하는 대로 느리다. 양철 구이통에 따로 국물받이가 달려 있어서, 이 통을 잘 감시해야 한다. 코기 레베카와 오윈이 워낙 육즙을 좋아하니까. 타샤는 구울 때 나오는 육즙을 받아서 칠면조에 끼얹어가며 굽는다. 코기들은 기대에 차서 하루를 보낸다.

칠면조가 구워지는 동안, 타샤는 다른 음식들을 준비한다. 각기 제 몫을 해내는 철광석 틀, 노란 사기 주발, 구리 팬, 무쇠 냄비가 역사와 전통을 이어간다.

곁들임 음식도 이어서 만든다. 타샤는 강낭콩과 옥수수를 함께 넣고 끓인 요리를 준비하면서 "우리가 늘 먹는 요리죠"라고 말한다. 매시드포테이토에 크림치즈를 곁들이고, 그 유명한 크랜베리젤리도 준비한다.

어머니는 롤빵 반죽을 나무통에서 부풀렸어요. 거기가 따뜻하고 알맞으니까요. 또 옥수수 모양의 예쁜 크랜베리젤리 틀을 꺼내셨지요. 틀을 뒤집는 순간은 언제나 긴장감이 흘렀어요. 어머니는 파란 접시에 완벽한 모양의 젤리를 받고 나서야 안도의 숨을 내쉬셨지요.

—『베키의 크리스마스』

타샤는 젤리에 생크랜베리를 넣으면서, 난생 처음 보는 방법으로 굳은
정도를 테스트한다. "난 온도계는 쓰지 않아요. 그냥 은 숟가락을 이용하지
요. 소스를 저어서 숟가락으로 떴을 때, 서로 엉기면 젤리가 된 거예요. 늘
이런 방식으로 젤리를 만든답니다."

철광석 틀을 칭찬하면, 타샤는 인형을 위한 같은 모양의 미니어처가 있
다고 신이 나서 알려준다. "우리는 옥수수 틀을 인형들의 크리스마스 만찬
에도 사용하곤 했어요. 칠면조 대신 새끼 비둘기를 굽곤 했죠. 정말 근사한
경험이었죠."

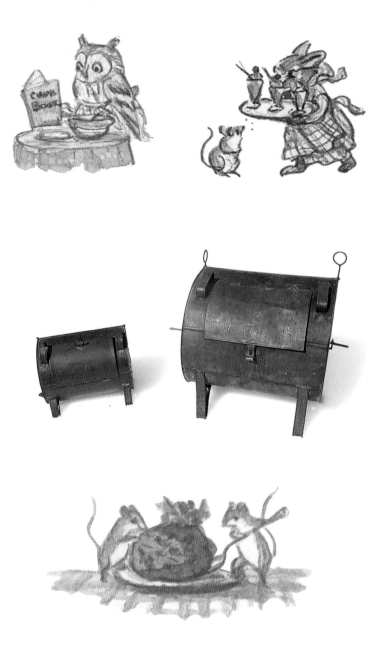

타샤가 네 명의 자녀들에게 마법 같고 의미 있는 크리스마스를 만들어
주면서 동시에 인형들에게도 똑같은 잔치를 베풀었다는 얘기는 더 이상 놀
라운 일이 아니다. "우리는 늘 인형들의 크리스마스를 위해 미니어처 만찬
을 만들었지요. 인형 전시회를 할 때 쓰려고, 아이들은 작은 채소들을 키우
곤 했어요. 작은 옥수수를 비롯해 여러 가지 키웠지요. 우린 채소가 아주 작
을 때 수확하려 애썼지요. 재미있었어요!"

오후에 인형들은 앞치마를 두르고 식탁에 와서 파티 준비를 거들었어요.
골무로 쿠키 반죽을 잘랐고, 작은 파이를 만들었지요. 작은 비스킷을 한
판 굽고, 작은 젤리도 만들었어요. 마침내 모든 준비가 끝나고 음식을 간
수할 즈음이면 인형들은 기진맥진했어요. 인형들은 내일을 기대하며 잠
자리에 들었지요.

—『인형들의 크리스마스』

타샤는 두 가지 크리스마스 만찬을 준비했던 일을 추억하면서, 실생활
에서 그림 소재를 얻기에 음식을 준비하면서 그린 크리스마스 카드가 수백
장이 넘는다며 으스댄다.

"내가 젊어서 더 열심히 일해야 했을 때는, 1년에 크리스마스 카드를 15
장 정도 그리면 그중 12장이 인쇄되어 팔리기도 했답니다. 보통 아기를 무
릎에 앉혀놓고 그렸는데 그게 더 흥미로웠어요. 이제 그때의 아기들은 어른

이 됐지만, 내 스케치북과 마음속에서는 영원히 어린아이들이죠. 내 아이들과 이웃 아이들을 모델로 크리스마스 카드를 그리곤 했어요. 여자 아이들은 허영심 때문에 포즈를 잘 취해주었지만, 사내아이들은 초콜릿으로 달래야 했지요."

타샤가 만든 음식은 조리법만 보고 상상했던 것과는 완전히 다르다. 그녀는 최상의 식재료만 쓴다. 요리마다 조리 직전에 딴 신선한 허브를 넣는다. 집에서 만든 버터와 신선한 염소젖은 짙은 풍미를 자아낸다. 성의껏 보살피고 특별한 모이로 닭을 키우기에 달걀도 여느 것과는 다르다. 타샤네 닭들은 부러울 정도로 잘 먹는다. 케이크가 제대로 구워지지 않으면 닭들의 모이가 되기도 한다. 닭들은 과일, 야채, 염소젖에 적신 빵까지 먹는다.

타샤는 오랜 세월 동안 몇 권의 요리책을 만들었다. 거기에는 『베티 크로커의 부엌 정원』, 『뉴잉글랜드 버트리 요리책』도 포함된다. 하지만 『타샤의 식탁』이 단연 걸작이다. 타샤가 쓰고 그린 이 책은 맛을 제대로 내서 요리하고 싶은 이들에게는 꼭 필요한 요리책이다. 타샤는 관심 있는 이들에게 아끼는 조리법들과 자기만의 비법을 나눠준다.

타샤와 대화를 하다 보면 요리 이야기에 푹 빠질 때가 있다. 타샤는 자기 문제든 남의 고민이든 해결하는 데도 열심이다. 파이 크러스트가 제대로 안되어 타샤에게 물어본 적이 있다. 그녀가 편지로 보내준 조리법 그대로 해도 되지 않았다. 타샤는 파이 크러스트 만드는 시범을 보이더니, 직접 해보라고 시켰다. 타샤의 조리법과 다른 점이 없었다. 타샤는 잠시 생각에 잠기더니

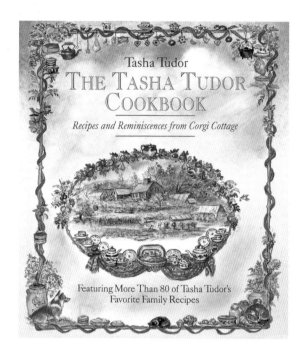

반죽하던 손을 만져보았다. "이게 문제네요! 손이 너무 따뜻해요. 잠시 냉장고에 손을 넣었다 최대한 빨리 반죽을 만들어봐요. 밀대도 차게 식혀요. 분명히 차이가 있을 거예요." 그날 이후 훌륭한 파이 반죽 솜씨를 뽐낼 수 있게 되었고 타샤는 문제를 해결해주고는 무척 기뻐했다.

만찬 준비가 순조롭게 진행되면, 틈틈이 트리 장식을 한다. 그 시간이 어찌나 즐거운지, 모든 준비가 끝나는 게 오히려 아쉬울 정도다. 타샤는 몇 시간이나 칠면조에 육즙을 발라가면서 고기가 잘 익을 때까지 정성껏 구워낸다. 그녀는 "비할 데 없이 잘 구워졌네요!"라고 외치며 꼬챙이를 당겨서 고기를 구이통에서 빼낸다. 종일 기다린 오윈과 레베카는 마침내 기회를 잡고,

크리스마스 만찬을 가장 먼저 시식한다. 오윈은 구이통에 남은 국물을 없애는 데 명수다. 오윈이 강아지였던 무렵의 크리스마스에는 아예 구이통 안으로 쏙 들어가서, 육즙을 한 방울도 남기지 않고 핥아 먹었다. 이제는 몸이 커져서 그런 잔치는 못 벌이지만, 여전히 구이통 주변의 국물을 처치한다.

타샤는 가금류 요리에 대해서는 겸손한 태도를 보이지 않는다. "이건 진짜 '로스트'예요. 칠면조를 보통 오븐으로 익히면 그건 '베이킹'이지 '로스팅'이 아니죠. 맛이 달라요. 어느 해인가 여름 파티를 하는데, 누군가 칠면조를 먹고 싶어했어요. 나는 오븐에 칠면조 굽는 법을 몰랐죠. 오븐에 구워본 적이 없었거든요." 그녀는 고기를 맛보여준다. 당장 타샤의 의견에 동의할 수밖에 없다. 그렇게 육질이 맛있는 칠면조 구이는 한 번도 먹어본 적이 없다.

타샤에게 그렇게 말하면 그녀도 고개를 끄덕여 맞장구친다. "나 때문에 양철 구이통의 값이 상당히 올랐을걸요. 내 칠면조 구이를 먹어본 사람은 양철 구이통을 찾아다니기 시작하니까요."

여느 때와 같이 크리스마스 만찬상이 차려진다. 타샤의 크리스마스 카드에 나오는 그대로다. 보드라운 빨간색 식탁보는 명절에 쓰는 골동품 은식기와 파란색과 흰색이 섞인 접시와 잘 어울린다. 마지막에 핑거볼(식사 중 손가락을 씻는 물 그릇—옮긴이)로 쓸 초록색 브리스톨 잔을 챙긴다. 핑거볼로 흥겨운 소리를 내는 것이 튜더 가문의 명절 전통이니, 오늘 밤도 예외가 아니다.

타샤는 솜씨 좋게 칠면조를 자르고, 접시를 주고받는다. 크리스마스와 만찬에 모인 사람들을 위한 건배를 한다. 초록색 브리스틀 잔에 담긴 사과주는 최고급 샴페인 못지않다.

만찬은 역시 훌륭하다. 맛보는 음식마다 최고라고 다들 칭찬한다. 코기 코티지에서 지난 크리스마스에 먹은 음식들보다도 훌륭하다고. 이 훌륭한 음식을 한 번 더 먹는 것이, 멋진 만찬과 음식을 기꺼이 준비한 요리사에게 경의를 표하는 가장 좋은 방법이다.

타샤가 핑거볼로 소리를 내기 시작한다. 그녀는 식사하는 사람들 모두
가 소리를 내도록 이끈다. 유쾌한 소리가 퍼져나간다. 식사가 끝날 때까지
모인 이들은 과거를 인정하고 존중하며 현재를 만끽한다. 오래도록 추억할
식사 모임이다. 이제 기다리던 트리를 장식할 시간이다.

핑거볼로 다 같이 소리를 내는 일은 만찬에 꼭 있어야 할 의식이었어요. 핑거볼은 두툼한 초록색 잔이었지요. 식사 후, 모두 손끝을 적셔서 잔의 테두리에 대고 빙글빙글 돌리면, 근사한 음악 같은 소리가 나곤 했지요. 베키는 핑거볼 소리가 나야 크리스마스나 추수감사절이 마무리된다고 생각했어요.

—『베키의 크리스마스』

트리

타샤는 크리스마스 트리감으로 코기 코티지의 숲에서 갓 자른 나무를 고집한다. 반드시 갓 자른 나무여야 되는 것은, 트리에 진짜 촛불을 꽂기 때문이다. 그리고 그녀의 숲에서 자란 나무여야 되는 것은, 세월을 존중하는 옛 방식이기 때문이고 또 타샤가 직접 훌륭한 나무를 고를 수 있기 때문이다. "나중에 이러쿵저러쿵하지 않도록 늘 내가 나무를 고른답니다."

오후에 아버지는 말 '브라운 도빈'을 썰매에 매고, 트리감을 구하러 크리스마스 숲으로 달려갔어요. 아름답고 화창한 오후였지요. 눈밭에 먼 언덕처럼 파란 그림자가 드리워졌어요. 눈 덮인 전나무들 위로 햇빛이 쏟아지는 크리스마스 숲은 마치 마법에 걸린 숲 같았어요. 눈밭에는 토끼와 새가 지나간 발자국이 나 있었지요. 베키는 생쥐가 왔다 간 흔적을 찾아냈어요. "크리스마스 만찬에 먹을 솔방울 씨앗을 찾아왔나 봐." 키티가 말했어요.

어느 나무가 좋을지 고르는 일은 늘 어려웠어요. 이건 너무 키가 크고, 저건 너무 가늘고. 하지만 댄이 벽 옆에서 완벽한 나무를 찾아냈고, 아버지와 함께 나무를 잘라서 썰매에 올렸어요. 다른 가족들도 장식에 쓸 잔가지를 모아 모두 함께 집으로 돌아갔답니다. 어머니와 키티는 썰매에 타고, 베키는 브라운 도빈과 나란히 걸어갔어요. 아버지와 남자아이들도 나란히 걸어갔어요.

—『베키의 크리스마스』

크리스마스 트리는 솔송나무 숲에서 잘라왔어요. 오래오래 지나면, 나무
는 반짝이는 볼과 촛불로 장식된 마법의 나무로 변했어요.

—『크리스마스 전에 내린 눈』

적당한 트리감이 없을 때는 나무 두 그루를 골라 가지치기와 손질을 해
서 한 그루로 엮었다. 솜씨를 발휘하면 훌륭한 나무가 탄생했다. 타샤의 작
은아들 탐 튜더가 전문가였고, 지난해에도 그의 나무 엮는 솜씨가 발휘되었
다. 올해는 완벽한 나무가 있으리라. 드디어 나무를 잘랐다. 크리스마스이브
오후 늦어서야 타샤가 앞장서서 나무를 코기 코티지로 들였다.

늘 그렇듯 나무는 응접실 중앙에 놓았다. 트리의 자리를 찾기는 쉬웠다.
해마다 키 큰 나무가 닿는 바람에 난 작은 구멍이 천장에 있으니까. 나무가
쓰러지지 않게 방의 네 구석에 단단히 고정시켜야 했다. 묵직한 장식이 걸릴
테니 나무가 든든하게 서 있어야 한다. 먼저 바닥에 촛농을 받을 종이를 깔
았다. 일단 기본 준비가 완전히 마무리되면, 응접실 문을 닫았다. 그 순간부
터 이 방은 출입 금지 구역이 되었다.

시간이 흘러 자녀들이 어른이 되면서 크리스마스 축하 의식이 바뀌었지만, 몇 가지 전통은 변함없이 남아 있다. 크리스마스 당일 이른 저녁까지는 누구도 트리를 보지 못한다. 트리의 촛불 장식이 예뻐 보이도록 날이 어둑어둑해져야 한다. 과거에는 타샤가 장식하는 동안 트리의 마법을 보고 싶어 안달하는 아이들에게 시간을 보낼 거리를 주어야 했지만 지금은 그때보다 트리를 보려고 안달하는 분위기는 덜하다.

튜더 집안의 가장 독특한 전통인 '인형의 크리스마스'는 타샤의 단골 이야깃거리다. "아이들이 어릴 때는 내가 직접 크리스마스 트리를 장식했지요. 그리고 크리스마스이브에 인형들도 크리스마스를 축하하게 해주기로 마음먹었어요. 인형들이 우리 아이들에게 선물도 보내고요. 우리는 인형 집에 넣을 작은 트리까지 만들었답니다. 아이들이 인형들의 크리스마스 축하 행사를 도와주는 사이, 나는 우리 트리를 장식했지요. 아이들은 그 일을 하느라 분주했고, 인형들의 크리스마스는 큰 행사가 되었어요. 다들 큰 기대를 했지요. 크리스마스 아침에 양말 속 선물들과 함께 인형들이 보내온 선물을 하나씩 열다 보면 하루가 금방 흘러가곤 했어요. 덕분에 나는 그동안 트리 장식을 끝내놓고 크리스마스 만찬을 준비할 수 있었어요."

타샤가 트리를 꾸밀 때 들이는 시간과 공은 감탄을 자아낸다. 나무가 든든한지 다시 한번 점검한다. 무게가 나가는 유리 장식을 걸어도 될 만하다. 그녀는 어디서도 보기 힘든 훌륭한 장식들을 소장하고 있다. 공, 도토리, 배, 포도송이 모양으로 불어 만든 큰 유리 볼들이 있다. 묵직한 볼은 안쪽

에 수은이 입혀 있고, 무겁기도 하거니와 가족 역사를 '묵직하게' 담고 있다. '쿠겔'이라고 하는데, 현대적인 크리스마스 볼 장식의 선조 격이다. 타샤는 1858년 이래 이 장식품들이 집안에서 물려 내려왔다는 사실에 자긍심을 느낀다. 타샤는 수십 가지 모양과 크기의 볼 수백 개를 조심스럽게 다루고 소중히 여긴다. 볼들은 더할 나위 없이 아름답지만 동시에 겁을 준다. 다른 물건으로 대체할 수 없기에 극도로 조심해서 다루어야 한다. 타샤는 그 점을 염두에 두고, '항상 매다는 곳에' 신중하게 매단다.

　다음으로 타샤 튜더의 트리에는 특별한 진저브레드 장식이 달린다. 벌써 트리에는 장식이 풍성하게 매달려 있지만, 매달아야 할 장식이 아직 많이 남아 있다. 뜨개질한 하트 모양의 장식과 다양한 모양의 지푸라기 장식품, 새들, 구슬 줄, 전통적인 사탕 과자들, 오랜 세월 수집한 여러 장신구들. 타

샤의 자녀들은 어린 시절, 사탕 과자가 도착하기를 손꼽아 기다렸다. 펜실베이니아에 사는 친구들이 해마다 아이들에게 사탕 과자를 선물로 보냈다.

상자에는 물엿으로 만든 작은 사탕들이 들어 있었어요. 빨강, 초록, 연노랑. 베키는 연노란색 사탕 과자를 가장 좋아했어요.

어머니가 상자를 탁자에 놓으시고 키티가 큰 은쟁반을 가져왔어요. 키티, 댄, 네드, 베키가 상자를 열었어요. 몇 가지 새와 트럼펫, 배, 주전자, 사슴, 염소, 원숭이, 재미있는 사람 모양의 사탕들이 들어 있었어요. 포장을 푸는 것은 재미난 일이었어요. 코끼리도 있고, 물엿 갈기가 달린 조랑말도 있었지요. 아버지와 댄이 좋아하는 대포와 파이프도 담겨 있었어요. 사탕 과자에는 앙증맞은 리본이 달려 있어 그대로 트리에 매달 수 있었어요. 저녁 내내 트리에 사탕 과자를 거는 일은 재미있었답니다. 부서진 사탕 과자는 그 자리에서 먹을 수 있어서 더없이 좋았어요.

—『베키의 크리스마스』

트리가 완성되었지만 서두를 것은 없다. 초는 제자리에 걸려 있지만 불이 켜지지는 않는다. 아직은 때가 아니다. 트리 밑에 놓인 타샤가 준비한 선물은 정식으로 트리가 공개될 때까지 기다린다. 만찬이 끝날 때까지는 누구도 응접실에 들어갈 수 없다. 식사를 마친 후에야 화려한 트리를 구경할 수 있다. 모두 트리가 공개될 순간을 고대한다.

식사가 끝나기 무섭게 트리 이야기가 나온다. 과거의 트리들을 회상하기도 하고, 예전에 받은 선물에 대한 이야기도 오간다. 다들 즐거운 추억을 들려준다.

지난해 크리스마스에 타샤에게서 선물받은 커다란 곰 인형을 보고 있노라면, 타샤의 세 살 때 생일 파티 사진이 떠오른다. 타샤가 곰 인형을 비롯해 여러 인형들에 둘러싸인 장면을 찍은 사진이다. 사람들은 대화를 나누면서도, 타샤가 트리를 공개하는 순간을 알리는 음악 소리가 들리는지 귀를 기울인다.

타샤 집안 대대로 내려오는 골동품 뮤직 박스에서 '천사 찬송하기를'이라는 찬송가가 흐를 때 응접실 문을 여는 것이 전통이다. 여느 때는 듣기 힘든 소리다. 천상의 소리 같아 듣기에 참 좋다.

첫 대목이 흘러나오면 타샤가 자랑스럽게 응접실 문을 열고 사람들을 부른다. 부드러우면서도 화려한 촛불이 방을 감싼다. 트리가 주는 감동에 빠져들기 전, 바로 이 장면이 그려진 수채화 수십 장이 머릿속을 스친다. 그림과 똑같은 현실이 펼쳐지면서 오묘하고 꿈 같은 분위기가 온 방에 퍼진다. 모두 타샤의 그림 속에 있으면서 동시에 현실을 경험한다. 한순간 모든 게 느린 동작으로 지나는 것 같다. 벅찬 감동이 절정에 이르면 방에 환희의 찬사가 터진다. 상상이 현실이 된다. 다들 거대한 트리 주위를 돌면서 감탄한다.

트리는 단번에 다 볼 수가 없다. 아름답고 소중한 장식품들이 깊숙한 곳까지 겹겹이 걸려 있다. 타샤는 가장 아끼는 작은 금색 도토리를 가만히 만

진다. 사랑스러운 손길이다. 그녀는 생긋 웃으면서, 옆에 달린 작은 은종을 톡톡 건드린다. "이 종소리는 언제까지나 크리스마스를 생각나게 하지요. 종소리가 들려오면 한여름에도 트리가 눈앞에 떠오른답니다."

모두들 한 부분도 놓치지 않으려고 조바심치며 트리를 세심하게 구경한다. 촛불이 모든 것과 사람들을 아름다운 빛으로 감싼다. 받침대 바닥에 추를 달아 반듯이 세운 촛불은 전등이 흉내낼 수 없는 아름다움을 선사한다.

타샤의 동물 진저브레드는 트리에 걸리는 순간 생명을 얻은 듯 생기를 띤다. 때로는 진저브레드 장식이 트리의 주인공처럼 보이고 다른 장식품들은 보조에 불과한 듯 보인다. 이 동물 과자들은 완벽한 균형을 이루며 거대한 트리에 걸려 있다.

쿠겔들은 숨 막히게 아름답다. 하나의 쿠겔에 촛불과 다른 쿠겔들 그리고 우리 모두가 반사된다. 그 자체가 너무 깊어서 표면 안쪽을 들여다볼 수 없는 작은 세상 같다. 이 쿠겔 장식품은 140년 넘게 튜더 집안 트리에 걸렸지만, 오늘 밤보다 얼마나 더 아름다울 수 있을지는 상상이 되지 않는다.

장식품들이 끝없이 걸려 있다. 혼응지(펄프에 아교를 섞어 만든 종이—옮긴이) 과일 장식, 유리 고드름, 작은 새, 사탕과 작은 선물이 든 고깔, 금빛 철사로 된 독특한 소용돌이 장식품.

타샤는 이번 트리가 예전 트리들보다 멋지다고 말하면서, 처음 트리를 보았던 추억을 회상한다. "일곱 살 무렵 내가 기억하는 첫 트리를 봤어요. 트리가 위로 솟아서 하늘까지 닿을 것 같더라니까요! 물론 당시에는 내가 작았지만, 트리가 높은 빌딩처럼 어마어마하게 높았지요.”

지금 내 눈앞에 있는 트리도 그렇게 커 보인다. 꼭대기를 올려다보니, 타샤 튜더의 독특한 손길이 눈에 들어온다. 나무 끝에 검은 벨벳으로 만든 큼직한 까마귀가 앉아 있다. 예수님의 탄생을 알린 전령이 까마귀였다는 전설에 따라 오래전에 타샤가 만든 인형이다. 전설에 따르면 까마귀는 베들레헴 하늘을 날다가, 하늘을 메운 천사들을 만난다. 까마귀는 예수의 탄생을 다른 새들에게 알리는 영광을 얻는다. 이 전설에서 영감을 받은 타샤는 까마귀를 손수 만들었고, 수십 년간 트리 꾸미기의 마지막을 장식하는 주인공이 되었다.

다들 열심히 트리 구경을 즐긴다. 마치 동화 속 이상한 나라에 온 것 같다. 아이 시절로 돌아간 기분이다. 마음속에 깃든 아이 같은 면이 더할 나위 없이 편하게 느껴진다. 100년도 더 전에 트리들이 어떤 모양이었을지 상상이 된다. 트리는 그저 오래된 장식품이 걸린 게 아니라, 먼 시대의 정신이 배어 있는 것이다.

선물 교환과 탄성이 이어진다. 타샤는 자신이 삽화를 그린 『크리스마스 전날 밤』을 읽어준다. 타샤의 트리 주위에 둘러앉아 그녀가 들려주는 크리스마스 고전 작품을 듣자니 아늑한 기분이 든다. 오래전 그녀는 자녀들에게 그렇게 책을 읽어주었고, 그전에는 그녀의 아버지가 그렇게 해주었다고 한다. 코기 코티지에서는 흔한 일이지만, 과거와 현재가 자연스럽게 어우러진다. 과거의 크리스마스들이 이번 크리스마스와 자연스럽게 연결된다.

곧 타샤는 초가 너무 오래 탔다고 주의를 준다. 우리는 한숨을 쉬면서 아쉬운 마음에 한 번 더 멋진 광경을 바라본다. 그러면 타샤는 초를 하나씩 끈다. 촛불이 꺼지면서 피어오르는 연기를 눈으로 쫓는다. 응접실이 차츰차츰 어두워진다. 우리의 눈길은 계속 꺼지는 촛불을 쫓아간다. 빛이 완전히 사라진 후에도 초에서 눈을 떼지 않는다. 눈앞에서 요정이나 산타클로스라도 본 것처럼. 멋진 마법은 찬사를 받아 마땅하다.

베키는 잠자리에 들 시간이 오는 게 무척이나 아쉬웠지만 크리스마스처럼 멋진 날에도 잠잘 시간은 어김없이 찾아오지요. 잘 자라는 인사와 고맙다는 포옹이 오간 후, 가족 모두 잠자리에 들었어요. 베키는 누워서 고요에 가만히 귀를 기울이면서 서리 낀 창으로 드는 달빛을 보았어요. '달빛이 내 인형의 집도, 크리스마스 트리도 비추네.' 그때 인형 아버지와 인형 어머니가 인형 아이들에게 큰 트리를 보여주는 장면이 머리를 스쳤어요. '인형의 눈에 트리가 얼마나 거대해 보일까? 인형들은 달력을 보러 가고, 마지막으로 긴 의자 위로 올라갈지도 모르지. 뒤편의 장작 더미를 밟고 올라가겠지. 아기 요람을 볼 테고, 인형 어머니는 인형 아이들에게 이야기해줄 거야. 베들레헴이라는 머나먼 곳의 말구유에 사내 아기가 눕혀졌을 때 첫 크리스마스가 시작되었노라고.' 그런 생각을 하면서 베키는 잠이 들었어요.

—『베키의 크리스마스』

산타클로스

"다른 사람들처럼 나도 『크리스마스 전날 밤』을 읽고
산타클로스의 개념을 얻었지요.
우리 가족은 늘 그 작품을 낭독한답니다."

산타클로스가 매년 집집마다 찾아오는 것을 크리스마스의 중요한 행사라고 여기는 사람들이 많다. 대부분의 사람들은 산타의 개념을 타샤처럼 『크리스마스 전날 밤』에서 얻는다.

1822년 클레멘트 클라크 무어는 자녀들을 즐겁게 해주려고 이 시를 썼고, 1848년에야 책으로 엮였다. 니콜라스 성자의 마법 같은 방문을 그린 이 시는 가톨릭 성인인 그를 오늘날 우리가 아는 산타클로스로 바꾸어놓았다. 책을 통해 그는 누구나 잘 아는 친근한 인물로 변했다. 산타는 크리스마스 날에 모든 가정에 나눔을 베푸는 정신을 상징하는 인물이 되었다.

『크리스마스 전날 밤』

직접 바느질한 앞치마를 입고 실로 짠 숄을 두른 타샤가 『크리스마스 전날 밤』을
아이들에게 읽어주고 있다. 타샤의 유명한 가장자리 그림에는 장난감과 선물,
크리스마스 음식들이 줄줄이 달려 있다.

한 세기가 지나면서 무어의 시를 삽화로 그린 화가가 수백 명이 넘는다. 각자 산타를 애초의 정신보다는 각각의 시대에 맞는 인물로 해석했다.

타샤도 같은 길을 걸었지만, 이 고전 시를 세 번이나 삽화 작업을 하게 되면서 산타에 대한 묘사도 변해갔다. 30년도 더 전에 처음 작업한 책은 소형 가죽 장정본이어서 소장가들의 수집 대상이 되었다. 여느 작가들의 평범한 개념과 크게 다르지 않은 산타의 모습이긴 하지만, 이 첫 작품부터 타샤는 나름대로 산타를 만들기 시작한다.

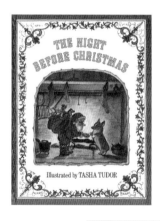  

10년 후에 타샤는 다시 무어의 시를 그림으로 그렸고, 아주 다른 결과가 나왔다. 이번 산타는 요정에 가까워서, 그저 굴뚝을 타고 내려오는 데서 그치지 않는다. 생쥐가 횃불처럼 성냥을 들고 산타를 지붕으로 안내하고 부엉이가 길잡이 역할을 한다. 장난감들이 생명을 얻어 움직이고, 산타는 타샤의 코기들과 춤을 추고, 고양이는 바이올린을 켠다. 코기들은 산타의 파이프를 피워보고, 인형과 어릿광대는 춤을 춘다. 개박하를 넣은 쥐 인형도 춤을 춘다.

타샤는 마법을 산타클로스의 존재를 믿는 데 필요한 열쇠로 삼았다. 그녀는 새롭고 생생한 방식으로 산타를 멋지게 묘사했다. 세월이 흐른 후 이 작품을 평가하면서 타샤는 미소를 짓는다. "그때는 내가 한참 젊었고, 좀 다르긴 해도 사람들이 기대하는 것과 비슷하게 그렸지요. 빨간 옷을 입은 뚱뚱한 산타를 그렸으니까요."

수십 년 후, 타샤는 다시 『크리스마스 전날 밤』의 삽화를 그렸는데, 이번에는 전혀 다른 그림이 나왔다. 정말로 마법 같은 작품이다. 구체화되지 않은 형체의 정령 비슷한 산타가 등장한다. 산타는 빛과 비슷하다. 어릴 때부터 믿기 시작해서, 어른이 되어서까지도 믿을 수 있는 산타다. 문자 그대로 크리스마스의 정령이다.

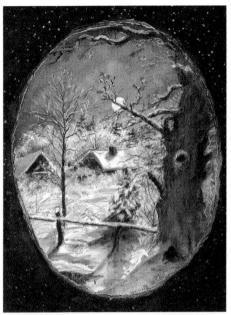

이 작품에는 재능이 절정에 달한 화가가 대단한 솜씨로 종이와 물감과 영감을 놀랍게 잘 다루어서 표현해낸 마법이 펼쳐져 있다. 타샤의 작품들 중 가장 풍부하게 묘사된 그림 몇 점이 이 새 판본에 들어 있다.

침이 고이는 사탕 과자, 나팔을 불어 산타의 도착을 알리는 코기, 산타가 양말에 선물을 넣는 일을 거드는 고양이와 부엉이. 페이지마다 타샤 튜더의 고전적인 영감과 재치가 펼쳐진다. 전체적으로 풍부하고 생동적인 색채가 넘치는 반면, 빛은 부드럽고 보다 실제적인 방식으로 묘사된다. 타샤는 이 책을 최고의 작품으로 꼽는다.

"밤에만 작업을 해서 이 책은 더 신비롭지요. 클레멘트 클라크 무어도 그런 생각을 했잖아요. 내 책들 중 최고의 작품이지요. 무어는 머리부터 발 끝까지 모피로 휘감은 산타가 재와 숯검정으로 범벅이 된 모습을 묘사했어요. 나도 그 모습을 그대로 표현했답니다."

썰매 타기

트리를 치우고, 장식품들은 잘 싸서 다락방에 보관한다. 남은 음식으로는 냄비 요리와 수프를 만들고, 새로 받은 선물이 익숙해져 편안할 때쯤 일상생활이 다시 자리를 잡는다. 비로소 크리스마스가 끝난 것 같다. 적어도 달력상으로는 그렇지만, 여기는 코기 코티지가 아닌가. 크리스마스 분위기가 여전히 감돈다. 예전에 자녀들이 어릴 때는, 크리스마스 다음날 아이들의 친구들을 위해 공들인 파티를 열곤 했다. 마지막 행사인 '인형들의 크리스마스 파티'는 엄청난 인기를 끌었고, 손님들은 1년 내내 이날을 기대했다.

마지막으로 미니어처 트리에 불이 켜지고, 인형들의 크리스마스 장식과 선물들이 공개되었다. 파티 중 일부 행사로 글짓기 대회가 열려서, 파티에 오는 아이들은 저마다 글을 냈다. 심사위원들은 누구의 글인지 모르는 상태에서 공정하게 심사했다. 상품은 멋진 그림책이었고, 타샤가 무척 감탄하는 에드먼드 뒤락(유명한 프랑스 삽화가—옮긴이)이 시상자로 나서기도 했다.

간식을 먹고 나면, 타샤가 좋아하는 시간이 이어졌다. 튜더 가족이 6월부터 미리 준비해온 마리오네트 인형극 공연이 열렸다. "마리오네트 인형극은 원래는 인형들을 위한 놀이였어요. 우리는 인형들이 연극을 봐야 된다고 생각했지요."

온 가족이 공연에 참여했다. 한 번의 공연에 마리오네트 인형 40개가 동원되었다. 『빨간 모자』, 『잭과 콩나무』, 『브레멘 음악대』, 『장미와 반지』가 화려하게 공연되었다.

타샤가 좋아하는 작품은 『아서 왕의 죽음』(토머스 말로리의 소설—옮긴이) 중 한 편인 「랜슬롯 경과 코빈의 용」이었다. "세스가 은박지로 은빛 나는 용을 멋지게 만들었지요. 잘 휘어져서 연결이 제대로 되었지요. 입에 숯가루 담은 주머니를 달고, 빨간 실크로 혀를 만들었어요. 탐이 무대 밑에 누워, 연결된 빨대에 입김을 불면 용이 연기구름을 내뿜으면서 혀가 밖으로 나왔지요. 정말 멋졌어요. 우리는 랜슬롯과 다른 기사가 싸움을 벌이는 장면까지 연출했답니다. 아이들이 정말 좋아했지요!"

공연 이야기를 하면 타샤의 얼굴에 생기가 넘친다. 이야기가 끝나갈 즈음에는 추억을 떠올리며 행복감에 빠져 생긋 웃는다. 과거는 소중히 간직하고 오늘을 살아야 한다. 타샤는 크리스마스를 보내고 새해를 맞는 마지막 행사로 썰매를 타기로 한다. 멋진 아이디어다.

　타샤의 다양한 친구들 중에는 별별 전문가가 다 있다. 썰매 타기도 예외가 아니다. 타샤의 친구인 질과 칼 맨치발라노 부부는 '애덤스'의 주인이다. 애덤스 팜은 질의 친정에서 6대에 걸쳐 내려온 농장이다. 이들은, 단순함을 추구하는 생활에 매력을 느끼지만 세세한 부분은 잘 모르는 이들에게 농장생활을 체험하게 해주는 데 열심이다. 농장에서는 1년 내내 다양한 활동이 펼쳐진다. 사료 주기, 농장 가축들과 사귀기, 농장일 직접 해보기, 염소젖 짜기, 메이플 시럽 제조 과정 보기, 가을의 건초 피크닉(건초 실은 수레를 타고 나

가는 밤소풍—옮긴이), 겨울에 썰매 타기 등의 행사가 펼쳐진다. 공통적인 관심사가 많아서인지 타샤는 이들과의 만남을 기대한다. 우리는 그들이 활기찬 대화를 나누리란 것을 잘 안다.

통화가 이루어지고, 우리는 길을 나선다. 애덤스 농장은 멀지 않지만, 한동안 코기 코티지 안을 벗어나지 않아서 상당한 모험처럼 느껴진다. 질과 칼은 우리를 기다리고, 벌써 1880년대의 날씬한 썰매에는 벨기에 짐수레 말이 매여 있다. 칼은 트레이드마크인 마부 차림을 하고 있다. 우리가 올라타면 썰매는 출발한다. 도중에 질이 우리와 합류한다.

공기가 맑고 싱그러워 모두 기분이 좋다. 타샤의 집에서 어렵사리 우리를 이곳으로 데려온 자동차와는 비교가 안 되니 잊을 것! 여행하기에는 썰매가 제격이다. 우리는 다른 시대에 온 듯 눈밭을 미끄러져 나간다. 썰매에 달린 종이 눈부시고 추운 겨울 풍경만큼이나 청명한 소리를 낸다. 우리는 숲을 지난다. 여기서 곧 메이플 시럽을 짜게 될 것이다. 오르막길에 오르자 인적 없는 숲의 풍경이 숨 막히게 아름답다. 칼이 손짓해서 가리키는 다양한 동물들의 발자취만 있을 뿐이다. 그는 훌륭한 길잡이다. 구수한 이야기를 풀어내면서, 곳곳을 상세히 설명해준다. 가끔 꾸민 대목도 있겠지만 그러면 어때! 실은 우리가 듣고 싶은 이야기인걸. 그의 이야기는 사실이 아닐지라도 재미나게 새해로 달려가게 해준다.

타샤는 매혹된다. 썰매 타기와 이날, 그리고 이번 크리스마스가 마음에 든다. 그녀의 얼굴이 만족감으로 빛난다.

애덤스 팜의 농가에 도착하면, 우리는 충만한 경험을 하게 된다. 질이 차와 레몬소스를 곁들인 진저브레드를 준비해놓았다. 차와 과자가 모두 맛이 좋아, 우리는 이 순간을 만끽한다. 질과 칼의 딸 올리비아가 옆에서 낮잠을 자고 있다. 말은 밖에서 참을성 있게 기다린다. 한눈팔지 못하도록 눈을 가려두었다. 다들 만족스럽다. 타샤는 썰매 타기의 느낌을 전하며 극찬한다. "기분이 좋아서 몸이 움찔움찔했다니까요."

다시 썰매에 올라 내리막길을 달린다. 다시 못 올 하루, 다시 못 올 크리스마스와 작별 인사를 나눈 셈이다. 썰매 타기가 끝난다. 하지만 코기 코티지로 돌아가는 길, 그 순간과 크리스마스의 마법 같은 추억들이 여전히 맴돈다.

타샤는 마지막 선물을 안겨준다. 우리는 겨울 부엌의 타오르는 난로 앞

에 앉아 차를 마신다. 그녀가 아끼는 파란색과 흰색이 섞인 파스텔 색조의 찻잔으로 차를 마시면서, 남은 고기파이를 먹는다. 그녀는 좋아하는 구절을 읽어준다. 그녀의 삶을 이끌어준 철학이 담긴 구절이다. 여러 번 들어 익숙한 구절이지만, 전혀 물리지 않는다. 타샤가 낭송할 때 우리는 그 글의 진정성을 마음으로 느낀다. 어느 때보다도 더 진실하게 들린다.

그대에게 인사하노라!

그대에게 없다 하여 내가 드릴 수 있는 것은 없지만,

드릴 수는 없어도 그대가 가질 수 있는 것은 많으니.

오늘 마음이 쉴 천국을 구하지 못하면, 천국이 우리에게 올 수 없나니.

천국을 안으라.

바로 이 순간 숨어 있지 않은 평화는 장래에도 없나니.

평화를 안으라.

세상의 우울은 그림자에 불과하나니. 우리 손 닿는 곳에 기쁨이 있으니.

기쁨을 안으라!

하여 이 크리스마스에 나는 그대에게 지금도 그리고 영원히,

하루가 밝고 그림자가 저 너머로 물러가기를 기도하노라.

— 프라 지오반니, 1513년

타샤 튜더 연표

1915년   보스턴에서 조선 기사 아버지와 화가 어머니 사이에 출생.

            타샤의 집은 마크 트웨인, 소로우, 아인슈타인, 에머슨 등 걸출한 인물들이
출입하는 명문가였음.

9세   부모의 이혼. 아버지 친구 집에서 살기 시작함. 그 집의 자유로운 가풍으로부터
커다란 영향을 받음.

15세   학교를 그만두고 혼자서 살기 시작함.

23세   첫 그림책 『Pumpkin Moonshine』 출간. 결혼.

30세   뉴햄프셔의 시골로 이사. 2남 2녀를 키움.

42세   『1 is One』으로 한 해 동안 출판된 가장 훌륭한 어린이 그림책에 수여하는
'칼데콧 상' 수상.

56세   『Corgiville Fair』 출간. 이 책이 많은 독자들의 사랑을 받아 동화작가로
유명세를 타게 됨.

            더욱 시골인 버몬트주의 산골에 18세기 풍 농가를 짓고 생활하기 시작함.

            우수한 어린이 책을 제작, 보급하는 데 공헌한 사람에게 주는
리자이너 메달 수여받음.

83세   타샤 튜더의 모든 것이 사전 형식으로 정리된 560쪽에 달하는
『Tasha Tudor: The Direction of Her Dreams』(타샤의 완전문헌목록)가
헤이어 부부에 의해 출간됨.

87세   코기빌 시리즈 세 번째 책인 『Corgiville Christmas』 출간.

90세   일본 NHK 스페셜 〈기쁨은 만들어가는 것: 타샤 정원의 사계〉 방영.

91세   미국 노먼 록웰 뮤지엄 등에서 전시회 〈타샤 튜더의 영혼〉 개최.

2008년   자신이 일군 아름다운 정원의 버몬트주 저택에서 가족들이 지켜보는 가운데
92세 나이로 영원한 잠에 듦.

타샤 튜더 대표 작품

1938년 Pumpkin Moonshine(『호박 달빛』, 엄혜숙 옮김)

1939년 Alexander the Gander

1940년 The Country Fair

1941년 Snow Before Christmas

1947년 A Child's Garden of Verses(로버트 루이스 스티븐슨 지음, 타샤 튜더 그림)

1947년 The Doll's House(루머 고든 지음, 타샤 튜더 그림)

1950년 The Dolls' Christmas

1952년 First Prayers

1953년 Edgar Allen Crow

1954년 A is for Annabelle(『타샤의 ABC』, 공경희 옮김)

1956년 1 is One(『1은 하나』, 공경희 옮김)

1957년 Around the Year(『타샤의 열두 달』, 공경희 옮김)

1960년 Becky's Birthday

1961년 Becky's Christmas

1966년 Take Joy! The Tasha Tudor Christmas Book

1971년 Corgiville Fair(『코기빌 마을 축제』, 공경희 옮김)

1975년 The Night Before Christmas(클레멘트 무어 지음, 타샤 튜더 그림)

1976년 The Christmas Cat(딸 에프너 튜더 지음, 타샤 튜더 그림)

1977년 A Time to Keep(『타샤의 특별한 날』, 공경희 옮김)

1987년 The Secret Garden(프랜시스 호즈슨 버넷 지음, 타샤 튜더 그림)

1988년 Tasha Tudor's Advent Calendar

1990년 A Brighter Garden(에밀리 디킨슨 지음, 타샤 튜더 그림)

1997년 The Great Corgiville Kidnapping(『코기빌 납치 대소동』, 공경희 옮김)

2000년 All for Love

2003년 Corgiville Christmas(『코기빌의 크리스마스』, 공경희 옮김)

타샤의 크리스마스

펴낸날 초판 1쇄 2007년 12월 20일
         개정판 1쇄 2024년 12월 6일
지은이 타샤 튜더, 해리 데이비스
사진 제이 폴
옮긴이 공경희
펴낸이 이주애, 홍영완
편집장 최혜리
편집1팀 김하영, 김혜원, 최서영
편집 박효주, 강민우, 한수정, 홍은비, 안형욱, 이은일, 송현근, 이소연
디자인 김주연, 기조숙, 윤소정, 박정원, 박소현
홍보마케팅 김민준, 김태윤, 김준영, 백지혜
콘텐츠 양혜영, 이태은, 조유진
해외기획 정미현, 정수림
경영지원 박소현
펴낸곳 (주)윌북   출판등록 제 2006-000017호
주소 10881 경기도 파주시 광인사길 217
전화 031-955-3777   팩스 031-955-3778
홈페이지 willbookspub.com
블로그 blog.naver.com/willbooks   포스트 post.naver.com/willbooks
트위터 @onwillbooks   인스타그램 @willbooks_pub

ISBN 979-11-5581-775-9 (03840)